AF472848

UN DEUIL

POÉSIES

II

I

LA SÉPARATION

Avoir tout délaissé pour la femme qu'on aime ;
Se la voir arracher, au fort de son amour,
Par l'implacable mort, et ne pouvoir soi-même
Abréger son exil ici-bas d'un seul jour ;

Ajouter désormais au poids croissant de l'âge
Le fardeau de l'ennui, celui des vains regrets,
Et poursuivre, isolé, son terrestre voyage,
Buttant à chaque pas et courbé sous le faix ;

Traverser du prochain la douleur et la joie
Sans que le cœur s'émeuve à leurs accents divers,
Et, morne, parcourir sa douloureuse voie,
Sans souci des printemps, des étés, des hivers;

Voilà ce qui m'écheoit, hélas ! Voilà ma vie !
Beaux songes dissipés par un affreux réveil,
Heures d'ivresse, adieu ! Que tu me fais envie,
O grand repos des morts, mystérieux sommeil !

II

LES HABITS

Habits que je portais le jour où mon amie,
Après un long martyre, est remontée aux cieux,
Habits que dans le cours de sa lente agonie
Ont rencontrés ses yeux;

Habits où s'appuyait sa tête défaillante
Quand, succombant aux coups pressés de la douleur,
Elle venait chercher, plaintive et confiante,
Asile sur mon cœur;

Habits qui de ses bras portez encor l'empreinte,
Que ses pleurs et les miens ont mouillés tant de fois,
Pauvres habits froissés de sa dernière étreinte,
Vous qu'ont touchés ses doigts !

Je vous conserverai jusqu'à ma dernière heure.
Funèbres aliments d'un deuil toujours nouveau,
Vous m'accompagnerez, de demeure en demeure,
Jusque dans le tombeau.

Ma main respectera votre sainte poussière ;
Pour moi seul et par moi vous reverrez le jour,
Jusqu'à ce que mes yeux, mourants, à la lumière
Se ferment à leur tour.

Alors, pour accomplir ma volonté suprême,
Dans vos lambeaux flétris on m'ensevelira ;
Sous l'étrange linceul, mon corps, dans la mort même,
D'aise tressaillira ;

Et celle qui m'attend au seuil de l'autre vie,
En me voyant ainsi pour le cercueil paré,
De ce calice amer, bu jusques à la lie,
Me saura quelque gré.

Enfin on fermera sur moi l'étroite bière,
Et le ver du sépulcre, immonde travailleur,
Changera nos débris en limon, en poussière...
Ainsi soit-il, Seigneur !

III

UN MOIS APRÈS

Un mois s'est écoulé depuis ce coup funeste;
Trente nuits ont déjà passé sur ce cercueil,
Et, depuis trente jours, l'infortuné qui reste
Ici-bas, va traînant sa tristesse et son deuil.

On le voit, le front morne et la tête baissée,
Comme un fantôme errant, promener en tous lieux
Son corps, vieux avant l'âge, et l'amère pensée
Qui l'obsède et de pleurs voile toujours ses yeux.

Il ne regarde rien; rien ne peut le distraire.
Il passe, inconscient de la foule et du bruit.
En vain le gai soleil le réchauffe et l'éclaire;
Qu'importe à sa douleur ou le jour ou la nuit?

Le bienfaisant sommeil a déserté sa couche,
Et si, vers le matin, un moment il s'endort,
Des mots entrecoupés s'échappent de sa bouche:
On l'entend murmurer ceux d'espoir et de mort.

Mourir! oui, c'est mon vœu, mon unique espérance!
De ce monde inconnu qu'attendre désormais?
Pour moi c'est le désert; c'est un sépulcre immense;
Il n'y demeure rien de celle que j'aimais.

Ces champs dont autrefois j'admirais la verdure,
Ces oiseaux dont jadis j'écoutais les concerts,
Ces moissons, ces forêts, cette riche nature,
Ces lacs, ces monts géants, ces insondables mers,

Tous ces tableaux par qui mon âme était ravie,
Ce lumineux éther, de mondes constellé,
Cet univers enfin où déborde la vie,
N'était-ce donc qu'un songe avec elle envolé?

Tout me semblait avoir été créé pour elle :
Pour elle cette terre et pour elle le jour ;
Pour elle l'avenir, la durée éternelle...
Hélas ! je mesurais sa vie à mon amour !

Dieu ne veut pas qu'on aime ainsi la créature.
De cet excès d'amour il s'est montré jaloux ;
Il m'a frappé. Pardon, Seigneur, si je murmure,
Et si ma faible voix s'élève contre vous.

Châtiez mon orgueil ; punissez ma folie ;
Accablez-moi du poids de vos justes rigueurs.
Mais pour elle du moins souffrez que je supplie...
N'a-t-elle pas payé son tribut de douleurs ?

S'il est, s'il est encore, au delà de la tombe,
Des dangers inconnus, des abîmes de maux,
Vous ne pouvez, Seigneur, permettre qu'elle y tombe :
Elle a trop chèrement acheté le repos !

Non ! vous aurez pitié de votre humble servante,
Et vous la guiderez, par un plus doux chemin,
Vers ce bien idéal, chimère décevante,
Qu'aux sentiers d'ici-bas nous poursuivions en vain.

Mais peut-être déjà de ce bonheur suprême
Elle jouit... Alors laissez-moi vous bénir,
Seigneur, et laissez-moi vous prier pour moi-même :
Dans votre auguste sein daignez nous réunir !

IV

RÉSIGNATION

Ah ! pour l'éternité quand tu t'es endormie,
Tes yeux furent fermés par une main amie.
Jusqu'au dernier moment partageant tes douleurs,
Incliné sur ton lit que je baignais de pleurs,
Je t'embrassai... Plus tard, j'étais-là quand la terre
Se ferma pour jamais sur ton étroite bière.
Que de fois depuis lors, fidèle pèlerin,
L'on m'a vu, sur ta tombe, irriter mon chagrin !
Enfin, avec ferveur, matin et soir, je prie
Pour l'éternel repos de ton âme chérie...

Hélas ! Quand je mourrai, qui sera près de moi ?
Pour ce moment fatal j'avais compté sur toi;
Je me disais : sa main fermera ma paupière,
Et je m'étais flatté qu'à mon heure dernière,
Cette voix, dont je garde à peine un souvenir,
Femme ! je l'entendrais m'exhorter, me bénir
Malheureux ! me voilà désormais seul au monde.
Autour de moi la mort, l'oubli, la nuit profonde.
Personne désormais qui m'attende au logis :
Mon père est mort; ma mère est morte... Mes amis,
Je les ai délaissés pour ne plus aimer qu'Elle;
Ils ne reviendront pas. Solitude mortelle !
Mortel ennui ! Que faire ? hélas ! que devenir ?
Je pleure le passé... j'ai peur de l'avenir;
Je ne puis me soustraire au présent qui m'accable.
Malheur à qui bâtit sa maison sur le sable !
Fou qui sur une vie a fondé son espoir !
Fou qui dans le ciel bleu n'a pas vu le point noir !
Fou qui s'est embarqué sans prévoir le naufrage !
Maudit... Mais non; il faut souffrir avec courage.
Les larmes, les sanglots ne te la rendront pas.
En vain vers le Seigneur tu lèveras tes bras;
En vain tu meurtriras tes genoux sur la pierre;
Tu traîneras en vain ton front dans la poussière;
A tes gémissements le ciel restera sourd.
Prépare-toi plutôt à mourir à ton tour.
Envisage ce but, nourris cette espérance,

Et si, pour partager ta dernière souffrance,
Pour te fermer les yeux, tu n'as plus cette sœur,
N'accuse pas le sort d'une injuste rigueur;
Mais dis-toi qu'attendu par cette âme si chère,
Tu pourras sans regrets abandonner la terre
Pour ce monde meilleur, ce séjour des élus,
Où ce qui s'est aimé ne se quittera plus.

V

L'INCONNU

Voyageur ! où vas-tu sous ce vêtement sombre ?
Qu'est-ce que cette clef qui brille dans ta main ?
Pourquoi ce front rêveur et ce regard plein d'ombre
Obstinément fixé sur l'herbe du chemin ?

On t'a plus d'une fois vu passer de la sorte.
Réponds ! qui donc es-tu voyageur soucieux ?
Quel remords te poursuit ou quel chagrin t'escorte ?
Tes pensers viennent-ils de la terre ou des cieux ?

— Je vais là-bas, où dort tristement sous la pierre
La femme que n'a pu racheter mon amour,
Et cette lourde clef ouvre le cimetière
Où je veux qu'auprès d'elle on me couche à mon tour.

Ah ! de ce doux repos ne retardez plus l'heure !
J'ai hâte d'arriver. Je suis las, ô mon Dieu !
J'ai compté les moments depuis que je la pleure,
Depuis que j'ai reçu son éternel adieu.

Mes heures sont des jours ; mes jours sont des années.
Je suis seul. Coup sur coup, j'ai vu ceux que j'aimais
Se pencher et mourir, comme des fleurs fanées
Qu'aucun soleil ne peut ranimer désormais.

Quand je la possédais, le temps passé loin d'elle
S'écoulait dans l'ennui, la tristesse, le deuil.
Mort ! se peut-il qu'en vain maintenant je t'appelle,
Maintenant qu'elle est là, froide, dans le cercueil !

Puisque je ne pouvais l'arrêter ni la suivre,
Que n'ai-je pu, du moins, rentrer dans le néant !
Que ne puis-je fermer à tout jamais ce livre
Où mon passé se lit, où s'inscrit mon présent.

O sombre faculté ! don du courroux céleste,
Que chacun, en naissant, reçoit pour son malheur,
Je te maudis, mémoire ! O calice funeste,
O source inépuisable où je bois la douleur !

Et, sentant à ses yeux monter un flot de larmes
Et son cœur se briser, l'inconnu s'en alla...
Près de l'humble tombeau, pour lui si plein de charmes,
On le vit bien longtemps demeurer ce soir-là.

Peut-être, de la terre approchant son visage,
Il croyait de la morte entendre encor la voix...
Peut-être il pressentait que son pieux voyage
Venait de s'accomplir pour la dernière fois.

Tout reste autour de moi dans un morne silence...
En t'appelant, moi seul le trouble par moments.
Nul signe à mon amour révélant ta présence ;
Nulle voix qui réponde à mes gémissements.

Ah ! si la destinée, à mes vœux moins rebelle,
M'avait, au lieu de toi, couché dans le cercueil,
Et si, comme moi-même au souvenir fidèle,
Tu venais quelquefois, en vêtements de deuil,

Appuyant tes genoux sur ma couche de pierre,
Rêver, comme je rêve, à nos communs malheurs,
Et, récitant tout bas quelque douce prière,
De tes yeux attristés laisser couler les pleurs ;

Si nous nous survivons, si nous avons une âme ;
Si cette âme, échappée aux entraves du corps,
Subtile comme l'air, pure comme la flamme,
Vers les objets aimés a de libres essors ;

S'il est vrai que cette âme entende, qu'elle voie,
Qu'elle n'ait point la terre en horreur, en mépris,
Ah ! pour la mienne, enfant ! quelle ineffable joie
De te voir accourir vers mes tristes débris !

Quels ravissants transports ! quelles saintes ivresses
Quel retour idéal à ces instants heureux
Où nos cœurs échangeaient les plus vives tendresses,
Où, le fardeau des jours, nous le portions à deux !

Mais aussi, quels tourments dans ce bonheur suprême !
S'enivrer, invisible et muet spectateur,
Des larmes, des sanglots de cet être qu'on aime,
Sans pouvoir lui jeter un mot consolateur !

Ces tourments de l'enfer et cette joie immense,
Femme, les ressens-tu lorsque je viens à toi ?
Réponds ! romps un moment cet éternel silence...
Femme ! par nos amours ! par le ciel, réponds-moi !

Dis-moi ! Dieu t'a-t-il mise au nombre de ses anges ?
Quand j'ignore ce Dieu, ne le connais-tu pas ?
Es-tu sortie enfin de ces doutes étranges,
De cette incertitude où l'on vit ici-bas ?

Enfant ! Ne sais-tu pas si ce Dieu que j'implore
Dans son sein quelque jour voudra nous réunir ?
Parle : combien de temps faut-il attendre encore
Ce jour mystérieux perdu dans l'avenir ?

Mais à ces questions, hélas ! pas de réponse...
Rien ! toujours le silence et l'immobilité.
Sans doute c'est ainsi que le néant s'annonce,
Et ces lueurs d'espoir ne sont que vanité.

Va donc pour le néant, si c'est la destinée.
Ce néant qu'on redoute, après tout, c'est l'oubli;
C'est la fin d'une vie aux maux prédestinée,
D'un rôle douloureux que j'ai trop bien rempli.

Qu'ai-je dit ? Téméraire et coupable parole !
Le néant ! contre lui tout proteste en ce lieu...
La foi sur chaque tombe y dresse son symbole.
Comment croire au néant, lorsque je crois en Dieu !

VII

AU CIMETIÈRE

— Te voilà ! te voilà ! tu m'aimes donc encore ?
Pauvre ami ! — Si je t'aime ! Ah ! grand Dieu ! je t'adore !
Auprès de cette tombe où je viens, chaque jour,
Prier pour ton repos et pleurer notre amour,
Chère âme ! je voudrais passer ma vie entière.
Oui, depuis que tu m'as laissé seul sur la terre,
Je n'ai qu'une pensée et qu'un rêve : c'est Toi !
Si je pouvais mourir ! s'il dépendait de moi
D'abréger ce supplice et de briser ma chaîne !

Si je pouvais sans crime au devoir qui m'enchaîne
M'arracher... Ce tourment n'aura-t-il pas de fin ?
Ne pourrai-je te suivre et te rejoindre enfin !
— Ami, par ces transports n'attriste point mon âme.
Au terrestre séjour Dieu fit de moi ta femme;
En ce monde plus pur il fait de moi ta sœur.
Vivante, je t'aimai, toi, mon seul protecteur;
Toi, qui par tant de soins m'as prouvé ta tendresse;
Toi, qui d'un cœur si doux accueillis ma jeunesse
Quand faible, et seule ainsi que tu l'es aujourd'hui,
J'avais si grand besoin de secours et d'appui.
Morte, je te chéris et je te suis fidèle.
Tu ne saurais me voir... Mais mon âme immortelle
Accompagne la tienne à toute heure, en tout lieu.
Elle est ta protectrice, ô mon frère, après Dieu.
Elle espère avec toi... Tes douleurs sont les siennes.
Ne les accrois donc pas par des révoltes vaines.
Nous serons réunis un jour. C'est le destin !
— Ah ! que le ciel t'entende, et que ce soit demain !

VIII

PRIÈRE

Puisque sur le chemin je marche solitaire,
Puisque nul bras du mien ne cherche plus l'appui,
Seigneur, auprès de ceux qui dorment sous la terre
Pourquoi n'irais-je pas reposer aujourd'hui ?

Lorsque le laboureur a fini sa journée,
Il s'endort, fatigué de ses rudes labeurs.
Mon soleil s'est couché ; ma tâche est terminée ;
N'ai-je pas récolté ma moisson de douleurs ?

Mort ! étends donc vers moi ta main libératrice.
Faut-il dans le néant, d'où Dieu m'avait tiré,
M'abîmer de nouveau ? Que le sort s'accomplisse !
En vous glorifiant, Seigneur, j'y rentrerai.

Mais si l'on ne m'a point bercé d'une chimère,
Si dans la froide tombe où tout glisse ici-bas,
Où j'ai vu, tour à tour, disparaître mon père,
Ma mère, mes amis et ma maîtresse, hélas !

Si dans ce noir sépulcre, où le ver nous dévore,
Notre corps descend seul, si l'âme lui survit;
Si l'ombre des cyprès nous cache quelque aurore,
Si la mort donne, enfin, plus qu'elle ne ravit;

Si la tendre amitié qui se noue en ce monde
Et dont la faux du temps rompt si vite le cours,
Se renoue autre part, plus vive et plus profonde,
Pour ne se plus briser et pour croître toujours;

Si des liens du corps notre âme, dégagée,
Des terrestres amours nourrit encor les feux,
Et si de la promesse ici-bas échangée,
Des serments qu'on s'est faits, on se souvient aux cieux;

Oh ! que je meure, alors ! que je meure au plus vite !
J'ai longtemps attendu... trop longtemps à mon gré.
De ces délais sans fin mon pauvre cœur s'irrite.
Rappelez-moi, Seigneur, ou je blasphémerai.

Oh ! que je la retrouve ! oh ! que je la revoie !
Oh ! que j'éprouve encor ces maux que j'ai soufferts
Auprès d'elle et pour elle, et qui seraient ma joie !
L'esclave délivré redemande ses fers.

Rendez-moi cette femme à mon amour ravie ;
Rendez-moi le bonheur avec elle envolé ;
Sinon, délivrez-moi d'une odieuse vie ;
Otez-moi le fardeau dont je suis accablé.

Venez à mon secours, mon Dieu, car je succombe.
Mes pieds endoloris ne peuvent plus marcher.
Venez, soutenez-moi jusqu'au bord de la tombe
Où, pour l'éternité, j'aspire à me coucher.

Hélas ! sur le chemin je marche solitaire.
A mes pas chancelants nul n'offre son appui...
Auprès de mes amours qui dorment sous la terre,
Seigneur ! envoyez-moi reposer aujourd'hui.

Or, cette offre, chacun à son tour la décline;
Je te dis : C'est trop haut. Tu repars : C'est trop loin;
Et, d'un commun accord, voilà qu'on s'achemine,
Bras dessus, bras dessous, vers le café du coin.

Ce peu d'empressement à courir l'un chez l'autre
Peut sembler singulier, tout d'abord, entre amis.
Il s'explique : un logis désert, comme le nôtre,
Est, en définitive, un si triste logis !

Chez toi comme chez moi, l'on sent une âme absente.
Tout est morne et présente un aspect désolé.
Nul mouvement, nul bruit. Rien ne vit, rien ne chante.
La cage est là... c'est tout; l'oiseau s'est envolé.

Chez toi comme chez moi, tout a gardé la trace
D'un bonheur qui n'est plus et ne peut revenir;
Et voilà justement, voilà ce qui nous chasse
D'un logis où, quand même, il faut se souvenir.

Nous cherchons tous les deux l'oubli, l'indifférence.
Où les trouver, sinon dans la foule et le bruit ?
Allons donc au café... là du moins on ne pense
Guères... et n'en quittons que bien tard dans la nuit.

X

LES BOUQUETS

Dans ces humbles bouquets je mets mon âme entière :
J'y renferme l'amour, l'espoir, le souvenir.
Que ne puis-je avec eux rester au cimetière,
Et près de toi, comme eux, me sécher et mourir !

De l'astre rajeuni les radieuses flammes
Ne peuvent dissiper le chagrin qui me suit;
Mes yeux sont éblouis. Mais ce soleil des âmes,
L'amour, a disparu. Mon âme est dans la nuit.

Distrayez-vous, dit-on. Occupez votre vie.
Allez chercher l'oubli sous de riants climats.
Que ne visitez-vous la Grèce, l'Italie,
Leurs villes et leurs champs fameux par les combats?

Oui! j'avais projeté de les voir avec Elle,
Ces pays du soleil et des horizons bleus:
La cité de Minerve et Rome l'éternelle.
Voyager est si doux quand on voyage à deux!

C'est si doux, en suivant une route inconnue,
D'aller, l'un près de l'autre et la main dans la main,
De sentir par l'amour son âme soutenue,
Et de charmer par lui la longueur du chemin!

Qu'ai-je besoin de voir désormais et d'apprendre?
J'ai vu la fin de tout en la voyant mourir;
Et je sais tout, sachant comment il faut s'y prendre
Pour creuser une tombe et pour ensevelir.

Oublier et jouir. Oh! le conseil infâme!
Tendres cœurs qui daignez ainsi me conseiller,
Savez-vous ce que c'est que d'aimer une femme ?
Moi, je l'ai su. Que Dieu me garde d'oublier !

Oui, l'amer souvenir me poursuit et m'obsède ;
Il est à mon chevet quand le sommeil me fuit.
Mais j'aime ma souffrance et n'y veux nul remède;
La nuit mon mal redouble, et je cherche la nuit.

Ce n'est pas pour jouir que l'homme est sur la terre.
Jusqu'au seuil du tombeau son sort est de souffrir.
Pourquoi donc de la mort redouter le mystère ?
Pourquoi plaindre les morts et craindre de mourir ?

Loin de haïr la mort, je soupire après elle,
Comme après le repos le voyageur lassé ;
Et j'attends sa venue en demeurant fidèle
A mes chères amours, à mon pauvre passé.

Donc, vous tous qui n'avez que des sujets de joie,
Enivrez-vous d'amour, de plaisir, de soleil,
Me laissant suivre seul ma douloureuse voie,
Jusqu'au terme marqué pour mon dernier sommeil.

Mensonge ! Tu n'es plus, et je suis sur la terre ;
J'ai vu la mort te prendre, et je n'ai pu mourir.
Qu'est-ce que tu feras ? me disais-tu. Que faire,
Seul au monde, sinon végéter et souffrir ?

Quand elles t'échappaient, ces funestes paroles,
Sans doute tu rendais justice à mon amour.
Tu savais qu'il n'est point de ces amours frivoles
Que le caprice noue, et qui vivent un jour ;

Et, te sentant faillir, tu te disais : pauvre homme !
Quel vide mon départ va laisser dans son cœur !
Pauvre foyer sans feu ! Pauvre roi sans royaume !
Je lui lègue en mourant l'éternelle douleur.

Qu'est-ce que tu feras ? Tu le sais à cette heure.
Pareil à ces vieillards qu'on voit, sur le chemin,
Aller de seuil en seuil, de demeure en demeure,
En quête d'un asile et d'un morceau de pain,

Aux sentiers de la vie errant et solitaire,
J'ai passé vainement du travail au plaisir,
Cherchant partout l'oubli, décevante chimère
Que suit le malheureux et qu'il ne peut saisir.

Entre la vie et moi ton souvenir s'élève,
Souvenir douloureux et charmant à la fois.
Je pense à toi le jour, et la nuit, dans le rêve,
C'est toi, c'est toi toujours, que j'entends, que je vois.

Si quelque gai jeune homme, au bras de sa maîtresse
Va, le cœur plein de joie et libre de souci,
Devant moi tout à coup ton image se dresse
Et je me dis : Naguère on nous voyait ainsi.

Et s'il vient à passer une femme au teint blême
Se soutenant à peine au bras de son époux,
Je me prends à gémir : C'est elle ! C'est moi-même !
De ces infortunés je suis presque jaloux.

Ainsi, tout ici-bas à mon cœur te rappelle ;
Tout me parle de toi ; c'est comme un grand concert
Dont chaque note aigrit mon mal, le renouvelle...
Ensemble nous avons tant joui, tant souffert !

Mais tant de fois surtout j'ai partagé ta peine !
J'ai passé tant de nuits debout, à ton chevet,
Penché sur ton visage, aspirant ton haleine,
Mouillant de pleurs ce drap que ton sein soulevait !

J'ai tant de fois encore approché de ta lèvre
La coupe où tu puisais quelque soulagement !
J'ai tenu tant de fois cette main que la fièvre,
Implacable bourreau, brûlait incessamment !

Qu'est-ce que tu feras ? Je traînerai la vie...
Puisque celle dont j'ai toujours suivi les pas,
Par un affreux destin à mon amour ravie,
Ainsi qu'une ombre vaine a glissé dans mes bras ;

Puisque malgré mes pleurs nul ne peut me la rendre,
Puisqu'en me la prenant la tombe a pris mon cœur,
Puisque j'ai vainement tenté de la défendre
Et que la mort chez nous est entrée en vainqueur ;

Puisque rien désormais au monde ne m'attache,
Puisque j'ai jusqu'au fond bu le calice amer,
Puisque je hais le jour, pourquoi suis-je assez lâche
Pour ne point en finir par le plomb ou le fer ?

Qui peut me retenir ? Qu'est-ce que je redoute ?
La douleur ? Eh ! sans faute, un jour, elle viendra
Se mettre en embuscade au détour de ma route,
Et jusques à la tombe elle me conduira.

L'enfer ? En se frappant est-on vraiment coupable ?
Si Dieu nous a donné le pouvoir de mourir,
Pourquoi le verrait-on punir un misérable
De renoncer au jour pour cesser de souffrir ?

Est-ce un reste d'espoir qui m'enchaîne à la terre ?
Me flatterais-je encor de vivre par le cœur ?
Je n'aurais donc aimé que d'un amour vulgaire...
Non, non ! si j'espérais, je me ferais horreur.

Non ! je n'espère pas. Plaisirs, honneurs, fortune,
Rien, de ton souvenir, rien ne me distraira.
Je quitterai sans peine une vie importune,
Et j'appelle le jour qui m'en délivrera.

Je n'ose toutefois en hâter la venue.
Qui sait ce qu'après tout nous garde le tombeau ?
Sur le point d'affronter une mer inconnue,
Le plus hardi marin frémit sur son vaisseau.

J'ai bien souvent, ô Dieu ! dans mes nuits d'insomnie,
Sondé la profondeur de tes secrets desseins.
Mais où tant de géants ont brisé leur génie,
Que pouvons-nous, hélas ! nous, misérables nains ?

J'ai mille fois en vain interrogé la tombe,
Les étoiles du ciel, les arbres des forêts,
L'océan dont le flot toujours monte et retombe...
Le flot, l'arbre, la tombe et l'astre sont discrets.

Ainsi je ne sais rien et ne puis rien apprendre.
Tourmenté par le doute et par le souvenir,
Mon lot est de souffrir; ma devise est d'attendre
La volonté de Dieu, maître de l'avenir.

Voilà ce qu'ici-bas je fais, ombre chérie,
Depuis l'instant funeste où tu m'as, par ta mort,
Dans ce profond abîme, où ma faible voix crie,
Laissé, tremblant et seul, pour quelques jours encor;

Et ce que je ferai jusqu'à l'heure attendue
Où mes yeux fatigués se fermant pour jamais,
Cesseront de pleurer celle que j'ai perdue,
Par qui je fus heureux.. celle enfin que j'aimais!

XIII

LA TERRE

Ma plus proche parente aujourd'hui, c'est la terre.
Je suis né d'elle. Il faut que j'y retourne un jour,
Et que le sein fécond de cette étrange mère,
Après m'avoir porté, me dévore à mon tour,

Comme il a dévoré, sans en laisser de trace,
Tout ce que j'ai chéri, tout ce que j'ai connu;
Gouffre toujours béant, où la mort nous entasse,
Où, poussé l'un par l'autre, on tombe froid et nu.

O toi qui te nourris de ta propre substance,
Toi de tout ici-bas l'origine et la fin,
Comme ceux dont l'amour charma mon existence,
O terre, reprends-moi ! je veux mourir enfin !

XIV

DÉCEPTION

Hélas ! je t'attendais et tu n'es pas venue !
Dans quels liens de fer es-tu donc retenue
Pour ne pas accourir quand je t'appelle ainsi ?
Pauvre morte! Echappée à nos douleurs humaines,
Serais-tu donc ailleurs en butte à d'autres peines ?
Souffre-t-on là-bas comme ici ?

Ah! loin de moi, Seigneur, cette affreuse pensée !
Vivante, à la frapper votre main s'est lassée...
Que la terre du moins soit légère à ses os!
Que son corps dorme en paix dans la fosse profonde,
Et que libre à jamais des troubles de ce monde
Sa chère âme ait joie et repos!

Dans cette terre aimée et qui fut sa nourrice,
Croissez pour la couvrir d'une ombre protectrice,
Cyprès que sur sa tombe en pleurant j'ai placés;
Croissez, et puissiez-vous, arbustes funéraires,
Voir bientôt près de vous d'autres cyprès, vos frères,
Ombrager mes restes glacés!

Mais pour que jusque-là je prenne patience,
Chaque fois que la nuit ramène le silence
Et l'ombre sur la terre, apparais à mes yeux;
Que la pierre funèbre un instant se soulève,
Et te laisse vers moi dans l'extase du rêve,
Venir comme un ange des cieux!

XV

CONSEILS A UN AMI

Ami, je te le dis : en vain jusqu'à la lie
Tu boiras la liqueur dont ta coupe est remplie;
En vain tu presseras, entre tes bras fiévreux,
Ces vénales beautés au teint blême, à l'œil creux
Le temps dissipera ce factice délire;
L'implacable raison reprendra son empire,
Et tu seras plus malheureux.

Je te le dis encor: Si, malgré ton envie,
Le Dieu qui t'a créé veut prolonger ta vie,
Contre sa volonté tu te raidis en vain.
N'est-il pas le seul juge et le seul souverain?
Respecte son mystère, adore sa puissance.
Lui seul a pu marquer l'heure de ta naissance;
A lui seul d'ordonner ta fin.

Puisque nul du destin ne peut ouvrir le livre,
Au jour le jour, ami, résignons-nous à vivre,
Et cette croix, présent du Seigneur irrité,
Portons-la tristement, mais avec dignité.
Songeons que de là-haut peut-être on nous contemple...
D'un souvenir sacré notre cœur est le temple;
N'en souillons pas la pureté.

Employons ces loisirs qu'un sort fatal nous crée,
A labourer la terre, à manier l'épée.
Novices trafiquants, allons tenter les flots.
A l'agitation demandons le repos;
Partons! Mais respectons ce rayon, cette flamme
Que Dieu nous communique et qui s'appelle l'âme.
La honte est le pire des maux.

Si longue qu'à nos yeux paraisse l'existence,
D'un pas rapide et sûr, ami, la mort s'avance;
Et l'on peut comparer la vie, en vérité,
A ce panier de pains, des plus forts redouté,

Et qu'Esope, au départ, trouva bien lourd, sans doute,
Mais qui s'allait vidant tout le long de la route,
Si bien qu'un enfant l'eût porté.

Le fardeau de nos jours, bien que pesant encore,
S'allège chaque soir, décroît à chaque aurore...
Quelques tours de cadran et nous aurons passé.
Quelques lustres de plus, et, des vents balancé,
Le cyprès gémira sur notre humble poussière,
Tandis qu'on cherchera vainement sur la pierre
Notre nom, bientôt effacé.

Ah! si la tombe obscure où notre corps repose,
Si cette tombe était la fin de toute chose,
La porte du néant; si l'on était certain
Que le jour de la mort n'à pas de lendemain,
Dans ces plaisirs grossiers où la chair nous invite,
On nous verrait tous deux, pour en finir plus vite,
Nous plonger, la main dans la main.

Mais contre ce penser mon être se révolte.
Otez au laboureur l'espoir de la récolte,
Au matelot celui du retour et du port,
Qui voudra s'imposer un inutile effort?
S'il n'est rien au-dessus de l'aveugle matière,
Et si tout doit enfin se borner à la terre,
Le cri commun sera : la mort!

Que voyons-nous pourtant? Tout aspire à la vie.
Tout contre le trépas lutte avec énergie.
Celui qui croit le moins à l'immortalité
Cherche à revivre encor dans sa postérité,
Et le juste, en mourant, caresse l'espérance
De goûter à jamais, dans une autre existence,
Le bonheur qu'il a mérité.

Qui fait luire à nos yeux cette douce lumière?
Qui fait haïr la mort à la nature entière?
C'est Dieu, sans doute; Dieu, source de vérité;
Dieu qui n'a pas sans but créé l'humanité;
Dieu qui dans l'univers à l'homme se révèle,
Et dont les attributs, que notre bouche épèle,
Sont: l'infini, l'éternité.

Il ne peut nous tromper; j'ai foi dans sa justice.
S'il nous force ici-bas à vider le calice,
Une secrète voix m'avertit que pour nous
Il réserve là-haut un breuvage plus doux.
Mais supposons enfin que cette voix m'abuse,
Qu'aux dépens des humains le Créateur s'amuse
Plus fou, plus cruel que nos fous.

Alors je te dirai: regarde sur la terre;
Vois combien de souffrance et combien de misère.
Suis ces déshérités dans leurs bouges affreux;
Arme-toi de courage et prends place auprès d'eux;

Contemple leur maigreur et leurs faces livides;
Cause avec l'indigent qui passe, les mains vides,
Les yeux rougis, le ventre creux.

Songe qu'il a perdu, comme nous, son amie;
Que seul, ainsi que nous, il doit subir la vie;
Ajoute à ce malheur qu'il a froid, qu'il a faim;
Qu'il lui faut travailler pour un morceau de pain;
Qu'il lui faut obéir au caprice d'un maître;
Et, voyant tout cela, tu conviendras peut-être,
Que moins triste est notre destin.

Et puisque le Seigneur t'a donné la richesse,
Ton cœur, dont je connais l'équité, la tendresse,
Te prescrira d'en faire un emploi généreux.
Suis ses nobles conseils; tu le dois, tu le peux.
Ami, que chaque jour de ta sombre existence
Console une douleur, soulage une souffrance.
Sois utile, sinon heureux!

D'un frais vallon, perdu dans ces rochers arides,
Un ruisseau vers la mer s'élance en murmurant,
Et promène ses eaux limpides
Parmi les oliviers et le thym odorant.

Devant nous c'est la mer, où, comme les étoiles
Qu'on voit briller, la nuit, à la voûte des cieux,
Se détachent de blanches voiles,
Découpant leur triangle au milieu des flots bleus.

Nous franchissons enfin le seuil de la chapelle...
Là s'offrent à nos yeux mille naïfs tableaux
Dont chacun raconte au fidèle
Les périls du marin et la fureur des flots.

C'est là que bien souvent, belle ainsi que la Vierge,
La fille du pêcheur, lorsque le ciel est noir,
A la Madone brûle un cierge,
Pour qu'un père en danger revienne avant le soir.

Comme elle j'adressai ma prière à Marie,
Et je lui demandai, pour suprême faveur,
D'expirer avant mon amie,
Et de l'aller attendre au sein du Créateur.

Mais la Vierge n'a point accueilli ma prière..
Seul je reviens ici, cherchant un souvenir,
M'agenouiller sur cette pierre...
Notre-Dame ! Daignez enfin nous réunir !

Novembre a ramené ce saint jour où la foule,
Se souvenant enfin de sa fragilité,
Traverse lentement, comme un fleuve qui coule,
Des morts la paisible cité.

Les arbres ont jauni pendant les nuits d'automne;
Les feuilles sur le sol tombent au moindre vent;
Quelque moineau frileux dans les branches frissonne
Et bat des ailes tristement.

Déjà depuis longtemps la dernière hirondelle
A traversé les mers pour rejoindre ses sœurs;
L'austère chrysanthème et la triste immortelle
Ont remplacé les autres fleurs.

La foule cependant, silencieuse, grave,
Semble se recueillir devant l'éternité.
Le plus insouciant, le plus gai, le plus brave,
A perdu sa sérénité.

Ici se pose à tous le terrible problème;
C'est ici que chacun reviendra, froid et nu;
Ici que tour à tour il verra ceux qu'il aime
Sombrer dans l'abîme inconnu.

O loi mystérieuse ! O destinée étrange !
Réunis par l'amour; séparés par la mort !
Ce maître qui nous crée, est-ce un Dieu qui se venge?
Expier, est-ce notre sort?

Doit-on se retrouver au delà de la tombe?
Ou l'homme, vain jouet de la fatalité,
N'est-il qu'un feu follet qui brille, et puis retombe
Dans l'éternelle obscurité ?

Notre vie, élément de l'âme universelle,
Ira-t-elle plus tard animer d'autres corps ?
Est-ce du grand foyer une même étincelle
Qu'aux vivants transmettent les morts ?

Si c'était le néant ! O folle impatience !
Tu le sauras bientôt, misérable mortel.
Déjà ta tempe est grise et ton heure s'avance;
Sois prêt à répondre à l'appel.

Le néant ! mais alors que ferait cette foule
Qui, pendant tout un jour, autour de ces tombeaux,
Gigantesque serpent, se promène et déroule
Ses interminables anneaux?

Pense-t-elle honorer quelques grains de poussière
Dont la terre a reçu l'éphémère dépôt ?
Pourquoi le souvenir et pourquoi la prière
Si c'était là le dernier mot ?

Ce sentiment pieux qui vers les morts nous guide,
C'est un bienfait de Dieu ; c'est l'espoir, c'est la foi.
Eteignez ce divin flambeau... tout sera vide.
L'univers aura peur de soi.

Espérons ! Mais passez, passez comme un flot sombre
Qui court au gré des vents vers un but incertain.
Vivants, de tous ces morts allez grossir le nombre,
Hâtez-vous vers votre destin.

Passez en vous berçant de vos rêves de gloire ;
Passez en vous berçant de vos rêves d'amour.
Du plus grand de ces morts connaissez-vous l'histoire ?
Et qui saura la vôtre un jour ?

Qui la saura ? Personne. Un peut-être sur mille
Qui devant votre nom un instant songera,
Et, le moment d'après, l'œil sec, le cœur tranquille,
Comme les autres s'en ira.

Moi, ce n'est pas ainsi que devant vous je passe,
O tombes! Votre vue évoque dans mon cœur
Le souvenir poignant d'un deuil que rien n'efface
Et qui des ans sera vainqueur.

Hélas! la faux du temps, faisant sa moisson folle,
De mon premier amour a tranché le fil d'or.
Je n'étais pas de ceux qu'un autre amour console,
Et ma blessure saigne encor.

Loin d'ici, dans les bois, je sais un cimetière
Où ne va point la foule, où nul bruit ne s'entend;
C'est là que, sous mes yeux, on a mis dans la terre,
Ce pauvre être que j'aimais tant.

C'est là que chaque jour j'aimerais à me rendre;
C'est là que je voudrais prier pour son repos;
C'est là que je voudrais réunir à sa cendre
Ma cendre, et mes os à ses os!

Tout ce qui de la mort me présente l'image
A ce calme séjour me reporte soudain.
Je revois ce tableau funèbre; ce village,
Ces bois, cet enclos, ce chemin.

Aujourd'hui parmi vous je ne cherche personne,
O tombes ! et n'apporte avec moi, dans ces lieux,
Pour honorer vos morts, ni bouquet ni couronne...,
Pourtant des pleurs mouillent mes yeux.

Car vous me rappelez cette tombe lointaine...
Et parfois, dans ces noms que sur vos croix je lis,
Je rencontre celui dont ma pensée est pleine,
Et je me désole, et je dis :

Heureux, heureux celui qui dans ce cimetière,
Passe, le cœur tranquille, au milieu des tombeaux,
Et pour qui tous ces noms, burinés sur la pierre,
Sont indifférents ou nouveaux !

XVIII

VISION

Si vous voulez savoir ce qui me rend si sombre,
C'est que pendant le jour, c'est que pendant la nuit,
Je vois ce que vos yeux ne sauraient voir : une ombre
Qui me regarde et qui me suit.

C'est que je crois entendre une voix qui m'appelle,
Une voix dont le son me charmait autrefois ;
C'est que cette ombre enfin, ce fantôme, c'est Elle,
Et que cette voix, c'est sa voix.

Ah! si je savais où chercher ton âme errante,
En quels lieux reculés ne la suivrais-je pas,
Moi, moi qui donnerais ma vie, ô chère amante!
Pour être un instant dans tes bras!

Hélas! puisque cela ne se peut plus qu'en songe,
Laissez-moi donc rêver la nuit comme le jour;
Laissez-moi m'enivrer de ce divin mensonge
Qui fait revivre mon amour.

XIX

LE VOYAGE

A mes yeux se déroule un sombre paysage :
La neige sur la terre étend son manteau blanc ;
Dans des flots de brouillard un soleil d'hiver nage,
Et son disque est couleur de sang.

Les arbres, dépouillés de leur verte parure,
Laissent à découvert le nid inhabité,
Et, sous le vent du nord qui courbe leur ramure,
Frissonnent dans leur nudité.

Sur l'hermine des champs, mouchetures vivantes,
Les corbeaux, assemblés en épais bataillons,
Font résonner les airs de leurs voix croassantes,
Et pillent le grain des sillons.

Les étangs, où se fige une couche de glace,
Ne portent plus le cygne au plumage soyeux ;
Nul mouvement, nul bruit à leur morne surface
Qui ne reflète plus les cieux.

Plus de bœufs au labour, de bergers dans la plaine,
Et, dans ce long parcours, à peine si je vois
Quelque pauvre vieillard, à la marche incertaine,
Pliant sous sa charge de bois.

Lorsque le wagon roule au travers d'un village,
Rien ne bouge... Tout est clos et silencieux.
Pas un petit enfant ne vient, à son passage,
Le saluer de cris joyeux.

Partout l'hiver avec son lugubre cortège;
Partout le ciel brumeux et les glaces du nord ;
Partout la Sibérie et partout la Norvège;
Partout le sommeil et la mort.

J'ai froid... j'ai froid au corps, plus froid encore à l'âme;
Seul, seul dans ce wagon qui m'emporte vers toi,
Je songe; et tour à tour, de l'effroyable drame
Chaque scène revit en moi.

Oui, seul dans ce wagon... seul aussi dans ce monde;
Jeté hors du chemin que je m'étais tracé,
Dans la clarté du jour et dans la nuit profonde,
Ne cherchant plus que le passé.

J'arrive... J'aperçois au loin le cimetière,
Ce village des morts, couché dans le vallon,
Et, parmi les cyprès, je devine la pierre
Où tant de fois j'ai lu ton nom.

Ton nom! ce nom chéri! ce doux nom que ma bouche
Prononçait avec tant de ferveur et d'amour,
Sur ce marbre glacé, ton éternelle couche,
Je devais donc le lire un jour!

Lorsque la mort chez nous vint prélever sa dîme,
Que n'a-t-elle sur moi plutôt posé sa main!
J'étais prêt, et personne à sa triste victime
N'aurait songé le lendemain.

Oh ! Pourquoi t'ai-je vue et pourquoi t'ai-je aimée?
Que n'ai-je méconnu ta grâce et tes attraits !
Mon âme par l'amour n'eût point été charmée,
Mais eût ignoré les regrets.

L'amour est un roseau qui dans la main se brise
En blessant cette main de ses débris aigus ;
Blessure qu'aucun baume, hélas ! ne cicatrise,
Dont chaque jour on souffre plus.

Bienheureux le mortel, armé d'indifférence,
Qui, sans attachement, peut passer ici-bas !
Bienheureux l'insensé ! bienheureuse l'enfance !
Bienheureux ceux qui n'aiment pas !

Voici le bois de pins dont la sombre verdure
Cache aux yeux du passant la porte de l'enclos.
La clef, en gémissant, tourne dans la serrure...
Je suis au milieu des tombeaux.

Salut, vous qui naguère habitiez ces campagnes,
Modestes artisans, honnêtes laboureurs !
Salut encore à vous qui fûtes leurs compagnes,
Qui fûtes leurs mères, leurs sœurs !

Salut, ô morts obscurs! Vous êtes sa famille.
Parmi vous elle aurait dû vivre et dû souffrir.
C'est parmi vous qu'elle a souhaité, pauvre fille,
Reposer, n'y pouvant mourir.

La voici, la voici, cette tombe adorée!
C'est donc là qu'elle dort à quelques pieds de moi,
Celle que j'aimais tant et que j'ai tant pleurée!
O chère ombre, salut à toi!

Viens recevoir l'ami qui de son bras fidèle
A tes pas chancelants prêta toujours l'appui.
Ces sanglots sont les siens ; c'est sa voix qui t'appelle..
Cet homme en deuil, enfant! c'est lui!

Que pour quelques instants sa douleur te console..
Console le plutôt.. Si tes maux ont pris fin,
Fais luire à son regard ta divine auréole..
Du ciel montre lui le chemin.

O prodige! Soudain, perçant l'épaisse brume,
Sur la pierre funèbre un rayon resplendit.
Je sens au fond du cœur l'espoir qui se rallume..
Le dernier mot n'est donc pas dit.

Est-ce toi, toi qui viens exaucer ma prière?
Est-tu donc libre enfin, libre et puissante aux cieux?
Et serait-ce un rayon de la sainte lumière
Que tu fais briller à mes yeux?

Oui, tu m'as entendu... Tu m'accueilles, tu m'aimes!
Avec moi pour jamais tu consens à t'unir...
Désormais notre espoir et nos vœux sont les mêmes.
Attends-moi donc! je vais venir.

Sur votre serviteur refermez cette porte,
Seigneur! et permettez qu'en retour de ses maux,
Il puisse, dès ce soir, près de sa chère morte,
Entrer dans l'éternel repos.

XX

L'ÉTÉ... L'HIVER

C'est l'été. Je suis seul. A ma fenêtre ouverte,
Pour me désennuyer, je m'accoude un instant.
La plaine au loin jaunit, et la forêt est verte.
Les moissonneurs s'en vont au travail en chantant.
L'oiseau chante comme eux dans le tilleul ; la rose
Fait monter jusqu'à moi son exquise senteur...
Hélas ! tout ce bonheur est pour moi lettre close.
La vie est sous mes yeux, et la mort dans mon cœur.

. . . .

C'est l'hiver. Un feu clair dans mon âtre pétille ;
Le joyeux carnaval passe en poussant des cris ;
C'est fête cette nuit, et, dans chaque famille,
On se livre aux festins, à la chanson, aux ris.
Moi cependant, fuyant ce monde qui festoie,
Je demeure pensif, les yeux sur mes tisons..
Mon cœur depuis longtemps ne connaît plus la joie,
Et mes lèvres n'ont plus ni rires ni chansons.

XXI

SERMENT D'AMOUR

Comme on voit déborder d'une coupe trop pleine
Le vin,
Ainsi mon cœur gonflé veut retenir sa peine
En vain.

Et j'éclate en sanglots; je me répands en plaintes;
J'ai tort,
Puisque du sang de Dieu même elle a les mains teintes,
La mort;

Puisque tout ce qui vit verra sa face blême
Un jour ;
Et puisqu'à son appel enfin j'aurai moi-même
Mon tour.

Elle t'a prise jeune et belle, chère amante !
Tant mieux,
Si c'est pour t'emporter heureuse et triomphante
Aux cieux.

Qui ne verse, en voyant sa propre décadence,
Des pleurs ?
Malheur à qui vieillit; car vieillesse et souffrance
Sont sœurs.

Est-ce un bien d'avancer assez loin dans la vie
Pour voir
Sa beauté se faner comme une fleur flétrie
Au soir ?

Son visage pâlir et se charger de rides ?
Ses dents
Céder l'une après l'autre aux atteintes perfides
Du temps ?

Pour se voir tour à tour trahie et délaissée
Par tous ;
Par ceux-là qui jadis n'avaient d'autre pensée
Que vous ?

Toi, froide, sur ton lit, tu semblais une reine
Qui dort ;
Et ta pâle beauté m'apparut plus sereine
Encor.

Et ce tableau sacré survivra dans mon âme
Aux jours...
Morte, je t'aimerai comme vivante, ô femme !
Toujours !

Je vais mourir... Mourir quand le printemps commence;
Lorsque tant de clarté rayonne dans le ciel ;
Quand tout chante ici-bas; quand la sève s'élance ;
Quand l'oiseau fait son nid, et l'abeille son miel !

Printemps ! saison d'amour, d'espérance et de vie!
Saison bénie où tout se pare, où tout renaît,
Source vivifiante à mes lèvres ravie !
Calme et profond azur où mon âme planait !

O scène lumineuse un moment entrevue,
Trésors dont ma jeunesse avait soif de jouir,
Doux et charmants tableaux qui fasciniez ma vue,
Adieu ! vous vous voilez... Tout va s'évanouir !

A vingt ans je vais rendre à la nuit de la terre
Ce pauvre corps, objet de dégoût et d'effroi.
Si jeune, qu'ai-je fait ? mon Dieu ! qu'ai-je pu faire,
Pour que déjà la mort pose sa main sur moi ?

Oh ! bienheureux qui tombe avec l'herbe fanée,
Alors que de l'hiver prête à franchir le seuil,
La nature dépose, au déclin de l'année,
Ses splendides atours et se revêt de deuil !

Heureux encor celui qui, las de l'existence,
Altéré de repos, dans les bras de la mort,
Comme en ceux d'un ami, glisse sans résistance,
Et pour l'éternité paisiblement s'endort !

Moi, je meurs à regret; je chérissais la vie;
Et puisqu'on se sent vivre en se sentant souffrir,
Oh! que je souffre encor! C'est ma plus chère envie...
O mon Dieu! je ne puis, je ne veux pas mourir !

Ainsi l'enfant pleurait sa fin prématurée,
Et, prenant à témoin tout ce qui l'entourait,
Luttait contre la mort, cette mort abhorrée,
Qui, de sa main de fer, sans pitié l'attirait.

Et moi, moi qui perdais en elle tant de charmes,
Tant d'amour, qui voyais mon unique trésor
M'échapper, j'écoutais, en dévorant mes larmes,
Moi, plus affligé qu'elle et plus à plaindre encor.

Et je lui dis : enfant ! ce terrible passage
Ne dure qu'un instant. Au delà, c'est le ciel.
Dieu prend ses chérubins parmi ceux de ton âge.
Là-haut est l'ambroisie... Ici-bas est le fiel.

Heureux, heureux, crois-moi, ceux que la mort moissonne
Avant qu'ils aient subi les outrages du temps,
Et qui dans le sépulcre emportent la couronne
Que l'innocence met sur les fronts de vingt ans!

Car chaque jour nous garde une douleur nouvelle :
On souffre par soi-même; on souffre par les siens,
Et l'homme, tourmenté d'une envie éternelle,
Quand ses vœux sont comblés, aspire à d'autres biens.

En lui parlant ainsi, ma bouche était sincère;
Ces maux immérités, que je voyais souffrir,
Excitaient à la fois ma pitié, ma colère...
Je détestais le jour et souhaitais mourir.

J'ai vécu cependant... et poursuivant sa tâche,
Le temps sur cette tombe a passé son niveau.
J'ai peine à la trouver sous l'herbe qui la cache,
Et lui fait, chaque Avril, un vêtement nouveau.

La terre a pris le corps, et le ciel a pris l'âme...
Un prodige divin fait naître de ce corps
Ce gazon et ces fleurs qu'aimait la pauvre femme;
La nature, à défaut de nous, fête les morts.

Et toi, qui de ce corps animais la matière,
Insaisissable souffle, hôte mystérieux,
Ame ! qui regrettais les splendeurs de la terre,
De bien d'autres splendeurs t'en consolent aux cieux !

C'est le moment marqué pour la grande hécatombe :
Aux atteintes du mal l'homme affaibli succombe,
Et de ses yeux mourants sonde un autre avenir...

C'est l'heure solennelle où l'on va, chaque année,
Déposer, en pleurant, un pieux souvenir
Sur le marbre orgueilleux, ou sur l'herbe fanée.

XXIV

ESPÉRANCE, SOUVENIR

Pauvre arbuste! J'avais à ta frêle existence
Lié de mon amour le fragile avenir,
Et je t'avais donné ce doux nom : Espérance.
Tu survis à l'amour. Ton nom, c'est : Souvenir.

L'amandier tout en fleurs sur le coteau se penche;
La rose sur la haie, à terre la pervenche
Attirent les regards ravis; c est le printemps !

Auprès de l'anémone éclot la violette...
O jeunesse! ô regrets! Comme il est loin, le temps
Où nos cœurs prenaient part à cette grande fête!

XXVI

L'HIRONDELLE

Je vais donc te revoir, ô ma chère hirondelle !
Avec le doux printemps tes sœurs sont de retour.
J'ai respecté ce nid, objet de ton amour...
Sois-lui fidèle !

Quand tu le construisais, allant, venant sans cesse,
Deux amants étaient là, qui te suivaient des yeux.
Tu semblais prendre part, en tes ébats joyeux,
A leur ivresse.

Seul j'habite aujourd'hui la maison désolée,
Voyant couler mes jours dans un deuil éternel.
L'âme qui l'animait, loin de mon âme, au ciel
S'est envolée.

Reviens, reviens encor ! Que le bruit de ton aile
De mon bonheur passé m'apporte un souvenir.
Ah ! comme ce printemps tu tardes à venir,
Chère hirondelle !

XXVII

ELLE & LUI

Quand l'homme, appesanti par le progrès de l'âge,
Commence à trouver long le terrestre voyage,
Et, las des incidents qui marquent le chemin,
Ne peut plus, sans effroi, songer au lendemain;
Quand les ans ont tué la folle insouciance,
Quand on a moins d'ardeur et plus d'expérience,
Souvent sur le passé, si douloureux qu'il soit,
On aime à revenir; on évoque, on revoit

Des scènes, des tableaux épars dans sa mémoire,
Et, pièce à pièce ainsi, l'on refait son histoire.
Le temps est sombre ; il pleut, et je sens qu'aujourd'hui
Doit être un de ces jours de tristesse et d'ennui.
Au penchant de mon cœur tout entier je me livre,
Et j'ajoute en pleurant cette page à mon livre :

A peine elle atteignait son vingtième printemps ;
Mais la douleur l'avait vieillie avant le temps.
Depuis plus de six mois l'horrible maladie
Minait incessamment sa jeunesse et sa vie.
Un jour, à bout de force, et se sentant mourir :
Bientôt j'aurai cessé, dit-elle, de souffrir ;
Il faut que devant Dieu je m'apprête à paraître.
Sa justice m'attend... Allez chercher le prêtre.
Il vint. C'était un homme aux traits graves et doux ;
Grand ; un timbre de voix sympathique entre tous ;
On l'aurait dit créé pour ce saint ministère ;
L'idéal d'un chrétien et l'idéal d'un père.
Du geste il écarta les mornes assistants
Et demeura près d'elle assis quelques instants.
Le soleil déclinait ; et, dans l'alcôve obscure,
Leurs voix se confondaient en un faible murmure.
Dieu seul a recueilli ce suprême entretien.
L'un et l'autre sont morts... Leur secret est le sien.
Le prêtre répandit enfin les saintes huiles

Sur ce front pâlissant et sur ces pieds débiles.
Il s'en allait... Surtout ne m'abandonnez pas!
Sans le secours divin que deviendrais-je, hélas!
Fit-elle en suppliant. Vous reviendrez, mon père!
Il répondit tout bas : Ma fille, je l'espère...
Mais son accent troublé démentait cet espoir.
La malheureuse enfant mourut le même soir.

Dix ans passent... Après une sanglante lutte,
Paris tombe, écrasant la France dans sa chute;
Mais une aveugle rage est entrée en son cœur ;
Sa haine a confondu ses chefs et son vainqueur;
Entre les citoyens la bataille s'engage :
L'un meurt en combattant; l'autre est pris comme ôtage,
Jeté dans un cachot, adossé contre un mur
Et fusillé... Combien de ce trépas obscur
Ont péri! Sabatier avec eux, pauvre prêtre !
Le plus humble de tous, et le meilleur peut-être.
Ce n'est que par hasard que j'ai connu son sort,
Et nul n'a pu donner de détails sur sa mort.
On ne l'a point pleuré... Mais par une âme amie
Son âme fut reçue au seuil de l'autre vie;
Et moi, qui de tous deux me souviens aujourd'hui,
Je dis : heureux qui meurt comme Elle et comme Lui!

Allait, pour reposer auprès de son village,
Accomplir avec lui ce suprême voyage.
Un voyage ! Quel mot, et quel ressouvenir !
Ces jours qu'il avait cru ne pas devoir finir,
Beaux jours trop clairsemés, hélas ! dans son histoire,
Évoqués par ce mot, brillent dans sa mémoire.
Oh ! quelle joie alors au moment du départ !
Et comme ces jours-là, de peur d'être en retard,
A faire sa toilette on était diligente !
Comme on tarabustait cette pauvre servante !
Emballez donc cela... renfermez donc ceci.
Léon de la besogne avait sa part aussi :
C'était lui qui courait chercher une voiture.
Enfin à double tour on fermait la serrure ;
On partait ; pour un mois on quittait la maison.
Un mois ! Quel avenir, et quel vaste horizon !
Dans un compartiment tous deux ils prenaient place ;
Madeleine en avant, et Léon bien en face,
La couvrant d'un regard amoureux et jaloux.
Le journal, oublié, dormait sur ses genoux ;
On roulait ; on allait en Suisse, en Italie.
Quels transports ! quelle ivresse ! Elle était si jolie,
Et lui, Léon, avait le cœur si plein d'amour !
On ne s'arrêtait guère ; et c'étaient, chaque jour,
Enchantements nouveaux et surprises nouvelles.
Ces lacs aux flots d'azur, ces neiges éternelles,

Ces torrents, ces forêts aux flancs des monts chenus,
Ces vallons enchantés, ces rochers froids et nus
Qui de tant de mille ans ont essuyé l'injure,
Tout, dans cette riante et sauvage nature,
Tout leur appartenait, leur semblait fait pour eux :
Erreur chère au poète ainsi qu'à l'amoureux.
Aussi ce mois béni passait-il comme une heure.
Oh ! quand on est aimé pourquoi faut-il qu'on meure ?
Du bonheur des humains le ciel est donc jaloux ?
O mort ! rien ne peut donc échapper à tes coups ?
L'amour ni la beauté ? Pas même la jeunesse ?
Rien ! Il faut que tout tombe et que tout disparaisse.
Pourquoi faut-il de plus, par une horrible loi,
Qu'on survive à celui qu'on aimait plus que soi,
Et que, las de la vie, on traîne sur la terre,
Comme en un lieu d'exil, son deuil et sa misère ?
Ainsi pleurait Léon. Quand il leva les yeux,
Il vit de tous côtés des regards curieux
L'observer : les marchands sur le pas des boutiques ;
Aux fenêtres, en haut, maîtres et domestiques ;
Dans la rue, attroupés, les éternels badauds.
Sous ces regards croisés, Léon, courbant le dos,
Eût voulu sous ses pieds voir s'entrouvrir la terre,
Lorsque l'ordonnateur, debout à la portière,
Lui dit : veuillez monter, Monsieur, nous sommes prêts.
Alors, se dérobant à ces yeux indiscrets,

Tous deux, silencieux, s'assirent, à leurs places,
Dans le sombre coupé, dont on leva les glaces,
Et qui, par les chevaux brusquement enlevé,
De son sourd roulement ébranla le pavé.
L'ordonnateur était un homme entre deux âges,
Spécialement choisi pour ces tristes voyages ;
Sachant accommoder sa mine et son humeur
Suivant les temps ; jugeant le degré de douleur
Des gens avec beaucoup de tact et de science,
Et d'après leur maintien réglant sa contenance ;
Quelque beau fils ayant éprouvé des revers ;
Quelque poète à qui le débit de ses vers
N'avait jamais donné le pain de la journée,
Et qui, las de lutter contre sa destinée,
De grelotter de froid et de mourir de faim,
Dans cet emploi funèbre avait fait une fin.
Il observa sous main son compagnon de route,
Et le premier coup d'œil lui révéla sans doute
Toute la profondeur de son affliction ;
Car, au lieu d'engager la conversation,
Se drapant avec soin dans une couverture,
Ramassant son grand corps au fond de la voiture,
Et dans un foulard blanc se cachant le menton,
Il ouvrit un journal et lut le feuilleton.
Quelques moments après on était à la gare.
L'employé descendit pour fumer un cigare,

Et Léon, resté seul avec ce pauvre corps,
Jetant un regard triste et distrait au dehors,
Reconnut cette gare où sa défunte amie,
Naguère pleine encor d'espérance et de vie,
S'embarquait pour aller respirer l'air des champs
Et passer quelques jours près de ses vieux parents.
Elle n'était jamais plus de huit jours absente ;
Mais, pendant ces huit jours qu'il passait dans l'attente,
Léon ne savait plus à quel saint se vouer.
Dans un ennui que rien ne pouvait secouer
Il tombait... Rien n'avait la chance de lui plaire.
Quand il accomplissait son travail ordinaire,
Il s'y livrait sans goût et sans attention.
De la marche du temps perdant la notion,
Plus de vingt fois par heure il consultait sa montre ;
Et si d'un camarade il faisait la rencontre,
Au lieu de l'aborder d'un visage joyeux,
Il passait brusquement en détournant les yeux.
Bref, il ne vivait pas pendant cette semaine.
Mais quand il recevait enfin de Madeleine
Le petit bout de lettre annonçant le retour,
Comme après le chagrin, la joie avait son tour !
C'est là qu'à l'heure dite il venait pour l'attendre
C'est là que du wagon il la voyait descendre ;
Là qu'il la recevait dans ses bras amoureux ;
C'est là qu'il renaissait ; là qu'il était heureux !

Quel contraste ! A présent, plus de retour pour elle.
La séparation, implacable éternelle.
Pour lui, l'isolement sans fin, le désespoir.
Jadis ils se disaient en ces lieux : au revoir !
Maintenant le cercueil où froide, inanimée,
Sa déplorable amie, à jamais enfermée,
Dormait auprès de lui du sommeil de la mort,
Et qu'il aurait voulu garder comme un trésor;
Ce cercueil, que déjà lui réclamait la terre,
Il ne pouvait pas même, à cette heure dernière,
Pour ces derniers adieux et ce dernier départ,
Dans son cachot roulant le couver du regard !

. . . .

XXIX

LA MORT

Quand le dernier soupir avec effort s'exhale,
Lorsque le froid du marbre a gagné le front pâle,
Quand on sent tout à coup de la mourante main
Se détendre et cesser la convulsive étreinte ;
Quand l'éternel silence à la dernière plainte
A succédé soudain ;

Témoins de cette lente et pénible agonie,
Ne plaignez pas ce mort; car sa tâche est finie.
Cette immobilité sans doute est le repos.
Plaignez plutôt celui que Dieu condamne à vivre,
Captif qui voyant fuir son frère qu'on délivre,
Reste au fond des cachots.

XXX

LA DERNIÈRE PENSÉE

Mourante, dans mes bras c'est moi qui t'ai reçue,
Quand j'avais tant rêvé d'expirer en tes bras.
Les larmes, comme alors, obscurcissent ma vue.
Non ! de mon souvenir tu ne t'effaceras
Jamais, tant que j'aurai quelque souffle de vie.
Je reverrai toujours ce funeste tableau...
J'assisterai toujours à ta lente agonie ;
J'irai, j'irai toujours pleurer sur ce tombeau.

Le temps a fui; l'espoir, comme une fleur flétrie
Par le souffle du nord, s'est glacé dans mon cœur.
Bien des amis sont morts; le sol de la patrie
A gémi sous le pied de l'Allemand vainqueur.
Rien de ce qui naguère a charmé ma jeunesse
N'est demeuré debout; les regrets, les soucis,
Se partagent mon âme et la troublent sans cesse...
Je traverse un désert qui n'a plus d'oasis.
A vous donc, jeunes gens qui demandez à vivre,
Mon modeste héritage et ma place au soleil.
Moi, je ne songe plus désormais qu'à te suivre,
Et, prêt à m'endormir de mon dernier sommeil,
A toi, chère âme, à toi s'adresseront encore
Ma dernière pensée et mes derniers souhaits.
Ce jour sera-t-il long à venir? Je l'ignore...
Résigné, je l'attends. Dieu me mène... et je vais.

XXXI

L'ABSENCE

SONNET

Pour la première fois depuis longtemps, l'automne
Près de ce cher tombeau ne m'a pas vu venir,
Et peut-être aujourd'hui la pauvre âme s'étonne
Et dit : Est-ce donc là l'éternel souvenir?

Sous le souffle glacé du nord l'oiseau frissonne;
La feuille sur le chêne achève de jaunir;
Au clocher du hameau le glas des morts résonne,
Et je t'attends en vain, frère, pour te bénir.

Pourtant jusqu'au trépas tu te disais fidèle...
— Hélas ! A cette tombe où le passé m'appelle,
Que ne puis-je courir au gré de ma douleur !

Mais tandis que vers toi tout mon être s'élance,
La volonté de Dieu me retient au loin, sœur !
Va ! ce n'est pas l'oubli qui cause mon absence.

XXXII

L'ABANDON

SONNET

J'ai trouvé cette fois la tombe abandonnée...
Quoi! pour la visiter et pour l'entretenir
Il n'est donc plus personne! Et de l'infortunée
Je serai désormais seul à me souvenir.

Des morts et des absents telle est la destinée.
Moi-même, que toujours on voyait revenir
Près de cette humble pierre, au déclin de l'année,
Pour songer au passé, pour pleurer et bénir,

Empêché, retenu par le progrès de l'âge,
J'accomplis moins souvent ce saint pèlerinage...
Il faut me préparer à mourir à mon tour.

Mais, en dépit d'un corps impuissant et rebelle,
Mon âme, maintes fois, jusqu'à mon dernier jour,
Ira planer là-bas comme un oiseau fidèle.

XXXIII

ÉPILOGUE

Que tout rentre à présent dans l'éternel silence !
Je te chantai vivante, et j'ai pleuré ta mort.
J'ai tenté par ces vers de charmer ma souffrance ;
C'est vainement... je cesse un inutile effort.

Adieu donc pour jamais, ô ma sœur ! mon amie !
Puisqu'à vivre sans toi le ciel m'a condamné,
Traînons obscurément le reste de ma vie,
Et que nul de mes pleurs ne soit importuné.

www.ingramcontent.com/pod-product-compliance
Ingram Content Group UK Ltd.
Pitfield, Milton Keynes, MK11 3LW, UK
UKHW021224230726
13926UKWH00003B/1232

9 782014 060690